篆刻　董一见

（董一见，上海人，十三岁，现就读于上海市新云台中学。自幼习练中国传统书法与篆刻，2020年在新云台中学举办了"笃信少年志向远，好学力行书画缘"个人书画展）

云上花开

教育的诗意绽放

王晓云 著

上海文艺出版社

图书在版编目（CIP）数据

云上花开：教育的诗意绽放/王晓云著. —上海：上海文艺出版社，2021
ISBN 978-7-5321-8112-4

Ⅰ.①云… Ⅱ.①王… Ⅲ.①诗集—中国—当代②随笔—作品集—中国—当代 Ⅳ.①I217.2

中国版本图书馆CIP数据核字（2021）第182797号

责任编辑　徐如麒
特约编辑　长　岛
装帧设计　长　岛

云上花开——教育的诗意绽放

王晓云　著
上海世纪出版集团
上海文艺出版社出版
200020　上海绍兴路74号
上海文艺出版社发行中心发行
200020　上海绍兴路50号　www.ewen.co
苏州市越洋印刷有限公司印刷
开本 880×1230　1/32　印张 7.25　插页 4　字数 150,000
2021年9月第1版　2021年9月第1次印刷
ISBN 978-7-5321-8112-4/I·6422　　定价：48.00元

告读者　如发现本书有质量问题请与印刷厂质量科联系
T：0512-68180638

序：遇见更美好的她

杨绣丽

王晓云这本诗集《云上花开》是让人身心愉悦的文本。我喜欢这种悠然、自在的阅读——如同在一个春天，相逢一位多年的好友，在粼粼的湖泊旁，携手看碧水荡漾，望云卷云舒……

记得前年，晓云邀请我和几位诗友去她的单位——新云台中学去参观。她当时已是这所学校的校长。我印象深刻的是她的办公室，三面环窗，光线明亮，碧嫩的绿植环抱四围，墙上挂有泛着墨香的书法，她给我们喝新买的胶囊咖啡。窗外是芳菲的校园，还有孩子们欢乐的笑声，我当时感觉身心无比舒畅，我找回了多年前自己做教师时候的美好时光。在那个校园里，晓云置身于学生中间，我处处感受到她从内心里散发出来的温暖和幸福的爱意……

这样温暖的爱意，此刻，我再一次从她这本《云上花开》的诗集里深深感受到了。从她的"溯源留痕""满庭芳华""云上花开""草本哲学""聆听生命"等专辑里漫溢开来的是校园生活浓郁的诗意,是她对教育的热爱、对学生的呵护,是教育的诗化,是诗化的教育。

这些诗句像雨露般晶莹透亮,既凝聚着深邃的情感,又饱含着思索和探求。她热爱这座名叫新云台的学校,从它的"小腰泾"开始写起,找到它历史的沉潜;她像一位美术教师,画她的"晨间素描",记录下"这是七点三十五分/阳光逗留的瞬间";她是年轻教师的导师,写下"随堂观课速记",去发现更多的教学新星;更多的,她是爱者,是育者,她处处看到孩子们闪光的镜头:"高举的小手/触碰更高处/拔节的橄榄枝。"(《课堂里的光》);"课堂里/思维蓬勃着生机/文字一手牵着数字/一手挽着字母/幻身孩子们笔下的百变金刚"(《循香踏音》);"噗嗤扑哧/浅浅的低笑/在孩子们的伞面上/旋开一朵朵别样的花蕾"(《校园的雨》)……她到处在校园里采撷孩子们花蕊的点滴,"教育是缓慢的艺术",在她诗歌的行进中,我看到了她爱的付出,她用诗点亮了这座校园的灯塔,点亮了孩子们心中智慧的明灯。

我喜欢这本诗集里的专辑"草本哲学",在晓云的笔下,她看到校园的一角,灰色的石头和四叶草,如同深远的山水画,留在时光的相框里,诠释励志的自然之力。她写滴水观音的简历,写"四月的第一天/小小的瓶口/怯怯地探出一颗小小的心/葱翠着无声的绿波"(《新叶》),从谷雨到小满,直至春华秋实,她诗的气息是草本之间的流连,是窃窃私语的内敛,是"浪涌的高度与潮退的底线",是周而复始的绽放和伸展……

晓云的笔力是轻盈的、凝练的。她懂得留白、懂得简静、懂得静默不声张的美。她没有冗长、张扬的笔锋,她的每一首短诗都是如此的小巧玲珑，意蕴悠远。我喜欢读这些诗，如同欣赏她穿上旗袍的美，那种典雅、那种风清云淡……

当然，这不全是晓云的全部，在她的这本诗集中，你还会听到她"声闻于天"的铿锵。在第六章里，我们就能见到她小女子的豪气。她写"信仰如炬"，写"第一颗子弹的回响"，写"纸上的长征"，她愿把"笔尖做为悬梯／为孩子们的求索搭路"，她写"国庆抒怀"，"见证一个梦唤醒另一个梦的奇迹"，她写抗疫"拼图"，写爱和责任，写守望和奔赴，她"在浦东阅读世界"，"以光为笔"，书写锦绣诗章。这篇章节的诗，是大气磅礴的，有种饱满和光明的亮度。这种风格和前面几个章节的风格略有不同，但并不冲突，它们是浑然相连的，从校园之爱到祖国之爱，理想的热血其实一直灌注在晓云的心间，化成片片诗笺来倾洒爱的柔意和豪情。

《云上花开》的最后一个部分是诗歌情景剧"遇见更美好的自己"。晓云是多才多艺的，她既擅长写诗、又会朗诵，同时又是一名优秀的校长，一位出色的教学教育的专家。在诗的旅途上，相信我们将遇见更美好的她，在破晓的地平线，在云朵飞翔的碧空、在花开的未来……

2021 年 9 月

（作者系中国作家协会会员、上海市作家协会创联室副主任、上海市诗词学会副会长、上海作协诗歌委员会副主任。出版作品十余部）

目 录
contents

序：遇见更美好的她 ······ 杨绣丽 001

序章：光阴，光影 ······ 001

第一章：溯源留痕 ······ 003
分割线 ······ 005
初遇 ······ 006
小腰泾 ······ 008
誓 ······ 010
守 ······ 011
寻 ······ 012
总有一双眼会看见 ······ 013
你是抱着梦想熟睡的孩子 ······ 014
随风去远方 ······ 016
故乡，心底的一株细柳 ······ 018

我一直在故乡	…… 020
阳光从古城墙斜入内史第	…… 022
岳碑亭前观剑南诗稿	…… 024
乡愁之稠	…… 025
海岛夜听	…… 027
以园听涛	…… 029
枕水而眠	…… 031
垂钓	…… 032
水的皱纹	…… 033
抵达	…… 034

第二章：满庭芳华

	…… 035
晨间素描	…… 037
辛丑正月初一	…… 039
路	…… 040
拔河	…… 041
随堂观课速记	…… 042
张望	…… 044
爱在转角处	…… 045
课堂里的光	…… 047
爱的期待	…… 049
蒲公英	…… 051
硕果	…… 052

邮戳	······ *053*
雨中访杨梅初果	······ *054*
夜雨问归	······ *055*
校园的雨	······ *057*
美术教室	······ *059*
循香踏音	······ *060*
看见	······ *061*
秋日果蔬园	······ *063*
已成熟与正成熟	······ *064*

第三章：云上花开	······ *065*
自然物语	······ *067*
花开，是岁月默默发声	······ *068*
花开有声	······ *069*
红叶李的哨音	······ *071*
樱花心事	······ *072*
晚樱	······ *074*
海棠梦醒	······ *075*
石榴花的遥想	······ *076*
绣球花开	······ *077*
栀子花开	······ *079*
樱桃树下	······ *080*
六月的气息	······ *081*

003

茧花	…… 082
生命的怒放	…… 083
惊蛰，一种力量	…… 084
花的结论	…… 085
蜡梅花的种子	…… 086
庚子春分	…… 087
在春天回望	…… 088
春风展开一页回信	…… 090

第四章：草本哲学	…… 093
草本的力量	…… 095
绿的质感与情绪	…… 097
一株滴水观音的简历	…… 099
你不动声色送我一粒惊喜	…… 100
渡	…… 101
生命的节奏	…… 102
生命从来就是不动声色的自愈	…… 103
生命是一程修炼	…… 104
新叶	…… 105
雨水这天与苔细语	…… 106
春耕的鼓号	…… 108
惊蛰，一个话题	…… 109
谷雨的心跳	…… 110

小满即兴	······ *111*
秋的慢递	······ *113*
根	······ *115*
定义草本的关系	······ *116*
聊聊春秋	······ *117*
春华秋实	······ *118*
沉淀	······ *119*

第五章：聆听生命 ······ *121*

声音的魔力	······ *123*
聆听	······ *125*
春的音符	······ *126*
春，繁花的大合唱	······ *128*
四月，一阕反复吟唱的歌	······ *129*
阳光住在每一枚叶里	······ *131*
再没有比阳光更美好的加持者了	······ *133*
生命在细节里发光	······ *135*
镇石	······ *136*
也是红豆	······ *137*
枫	······ *138*
叶落之舞	······ *139*
爱是永恒存在	······ *140*
关于未来，你我都是作者	······ *141*

人生没有橡皮擦 …… 142

十四岁，闪光的记忆片段 …… 144

送考 …… 146

爱是一束光·2019 中考即笔 …… 148

毕业季，折一羽白鸽归巢 …… 149

不说再见 …… 151

第六章：声闻于天 …… 153

信仰如炬 …… 155

第一颗子弹的回响 …… 158

备课，纸上的长征 …… 160

刻痕，写在七七 …… 163

解剖疼的过程 …… 165

祖母是坛女儿红 …… 167

原谅 …… 172

国庆抒怀 …… 174

那一瞬 …… 175

城市，被你温暖地唤醒 …… 177

陈毅广场 …… 178

承诺 …… 179

我们是一群筑梦人 …… 181

拼图 …… 184

石头 …… 187

光启未来 188
它们从光里走来 189
在浦东阅读世界 192

尾章：遇见更美好的自己（诗歌情景剧）...... 196

后记：教育的诗意绽放 206

序　章

光阴，光影

光与影丈量彼此的瞬间
光阴又挪动一寸
时光纺机上的经纬
向南北西东
铺陈，一幅锦绣

神来之笔
晕染新的画卷
生命的底稿
落下一个透彻的印章

第一章

溯源留痕

分割线

总结　标注
一条分割线

另起一行
领新的篇章

不纠既往
不惧将来
在追梦的路上
逆风盈舞

人们之所以害怕改变，很大的原因在于这"改变"的背后有许多不确定。我们往往无法确定，是否有足够的能力去把握这些不确定。2018年8月23日，当我进入一个全新的陌生环境时，也面临了这诸多的不确定。

除去这些不确定，我确定自己喜欢语文和诗歌教学，对于困难与挑战有一定的心理准备。我确定只要以诚相待，一定能够真心换真心，和同伴们携手共进，和学生们教学相长。我更确定一切变化中都孕育着机遇。

初 遇

庭内葱茏
新云台
旱溪待引泉

墙外惊鸿
小腰泾
临水暗溯源

通海连江
川杨河
启航出海湾

　　学校东墙外的那条河有个特别的名字——小腰泾,它与乾隆皇帝下江南的故事也有关联。地方志载:"御界桥镇,俗称御界桥,镇因桥得名,位于北蔡镇南约三公里处。御界桥因为悠久历史,早已成为名闻遐迩的浦东古镇之一。跨越小腰泾的御界桥,位于镇中心小腰泾和咸塘的交汇处,是一座古石桥。于明朝万历三年(1575)建成。清朝同治八年(1869)重修。"

传说 乾隆皇帝下江南，一路巡视到上海，准备南往黑桥（今瓦屑镇附近）探望顾国师（皇帝童年时的文化教师）。先遣使者前去报信，顾国师闻讯立即动身北上迎驾。行至小腰泾和咸塘交汇处，君臣（师生）相会。于是后人在此造桥志念。故命名为"御界桥"。

故事 御界桥地区早期的行政区划为"上海县长人乡二十保一图"。旧时划界不按次序，全凭当时当地的富裕状况。一图必须选择最富之地。而当时该地有三户大户人家，均为张姓（一户在御桥村、一户在长征村、一户在卫行村）。故被圈为一图。这就意味着该地区是户口多（人头旺）、地盘大的富庶之地，百姓也感到荣光。于是在水陆交通的要道——小腰泾和咸塘交汇处架起一座石桥，命名为"御界桥"，以显示是官封之地，御划之界。

档案 御界桥在建国前有商号一百多家，中华人民共和国成立初期仍有商号近百家。御界桥北堍有城隍庙和瑞和庵旧址。中华人民共和国成立后成为御桥小学教室。镇西原有四幢花园别墅，共占地四十余亩。镇北约一里处，原来也有一座明代建造的吴家弄（拱形石级）高桥（于1962年拆除），桥北有张相公殿（俗呼相公殿）。

史料 1942年，日本侵略军妄图消灭我抗日武装力量，在川沙、南汇和上海等县交界处强拉民工，滥伐竹园，筑起一道东起海滨西至黄浦江的竹篱笆封锁线，沿线交通要道设"检问所"。竹篱笆经过御界桥，并设有"大检问所"，对出入船只、车辆和行人严加搜查，凡搜到粮食、油料、棉纱和布匹等生活用品者，全部没收，使南北物资断绝流通，并杀害跨越竹篱笆的平民多人……

小腰泾

小腰泾没有腰
贴着校园的小径
绷直了背

它北起白莲泾
南通川杨河
四五百年的历史
只是沧海桑田一瞬

四季的足痕
在波光上游走
金黄　嫣红　深沉的绿
凝成一个个掌故
除了碑与桥的往事
更多的是
入东海　海纳百川的胸怀
拥浦江　大气谦和的品格

小腰泾
是江海故事的
前奏

"小腰泾"与白莲泾和川杨河相通,因此说它是(黄浦)江(东)海故事的前奏,也不算夸张吧。每次介绍"小腰泾"的时候,我总要特别强调,不是"小妖精",是"腰板"的"腰","泾渭分明"的"泾",一边说,一边还用手在腰部做比划。听者这个时候才恍然大悟,莞尔一笑。

历史上它还有一个名字:大寨河。我在百度地图上查询时,看到的标注也是"大寨河"。然而,我更喜欢"小腰泾"这个名字。我第一次听说小腰泾时,也是有一瞬的怀疑与恍惚。不过,从我那位热爱考证的朋友口中吐出这个名字,我倒是一点也不怀疑他为了博我一笑而杜撰了这个名字。因为,他马上就给我了一些有关"小腰泾"的材料,比如:和白莲泾与川杨河相通,还有远溯"界碑""御桥"等故事。在河道整治之前,小腰泾没有现在这样笔直,站在岸边望向河流的远处,或许还能感受"其岸势犬牙差互,不可知其源"的意境。

誓

从今为汝重整装

朝迎旭阳

暮敛锋芒

并肩再垦荒

与尔携手四季忙

春赏芬芳

秋护远航

共描新气象

"走进新云台,一路欢歌向未来!"2018年9月,强校专家韩立芬老师走进这所花园校园时,描绘了这样的愿景。一千多个饱受挑战与考验的日夜,一群人一起守着这个誓言,一件一件落实设想,一点一点突破困顿,一步一步获得发展。

守

川杨河旁
蓄积勇气立潮头
博华路边
重德崇文明志向

看孩子们给每一幢楼　每一条路命名
听老师们和每一个孩子规划未来

一天一天
就这样慢慢过去了
一天一天
也慢慢饱满了

　　那一阵子,老师们带着学生为校园里的每一幢楼命名、为每一条路命名。围绕"重德""崇文""担责"的校风,老师们聚焦"敬业""博学""善导",作为一起遵守的教风,孩子们提炼"自律""乐学""诚信",作为共同努力的学风。

寻

眼眸里的清泉
流经根须与茎叶
沟渠纵横的特殊水系

花的蓓蕾
鼓足了勇气
放声欢笑

那些积聚的力量
不曾辜负每一个日夜
寻路的执著

  这是师徒间的一个故事——师傅专程赶来辅导入围新秀复赛的青年教师:"做老师,一定要做班主任。"年轻人感慨,"被逼着成长的过程中体会到了爱的幸福,也愿将这份温暖传递下去。"

总有一双眼会看见

总有一双眼会看到
那些忙碌的身影

窗前埋头奋笔的剪影
晨光里专注辅导的侧影
暮色中热烈探讨的背影

每一个身影都是一盏启明灯
点燃现在　照亮未来

你是抱着梦想熟睡的孩子

你是抱着梦想熟睡的孩子
星星与月亮隐于身后
晨光正待描摹你崭新的模样

鸟鸣　风吟　潮汐
与你一起被谱写成校园歌谣

风吹响了夏的号角
那是冲锋的指令
成熟的季节　热情开始高涨
夏　延承时序
一边收割　一边播种

一切在静谧里蓄力
驾着你的伞　像蒲公英一样飞吧
采集星光、月光还有老师不舍的目光
装点明天的太阳

靠近一点
再靠近一点
读少年人的梦

这份自信
不是宣言　是心声
往前奔
路　就出现了

　　这是为2019届毕业生写的一首小诗。当时是想告诉他们，每个人都有梦想，只要好好为梦想做准备，所有的梦想都会实现。

随风去远方

春风醒来时
种子尚未苏醒
更别提　明白与生俱来的使命

风　从温煦到凛冽再复热烈
引着这粒种子突破记忆的壁垒
演绎萌芽　抽叶　含苞　绽放　结果　落籽
草本的生命过程

仿若醍醐灌顶　却又无法细说
唯有理想　饱满鼓胀
以一株草的破土呼应风的引导
以一朵花的馨香熏染风的怀抱
以一枚果的内涵回馈风的执著

最终　以一粒种子的形式
追随风的方向

春风的魔力,在于能让一颗种子变成无数颗种子。而所有的种子,听从春风的召唤,正在成为种子的路上。

故乡,心底的一株细柳

那是经二月春风剪裁
青涩　粉嫩的发梢
来不及在故乡的河畔照影
就被风推向远方

背囊里的芽孢
倾诉数不尽的叮咛
垂在游子肩头　成一棵
直立行走的树

青春的骨节
烙刻思乡的密码

引更多的光
从四方聚拢
将更多的活力
迸向每一个细胞

不仅是一株枝桠
不仅是几许牵挂

故乡在哪里
心就在哪里生根

我一直在故乡

不是专程寻访
在故乡　母校身旁
一段长廊里
走回年少时光

窗叠映着窗
门框套着门扇
弯翘的檐角勾连着天与水

岁月不知绕过几匝
就像护城河
起点接着终点

风过时
叮当叮当
鹤鸣楼的铜铃
是梦在悠扬

不曾走远
我一直在故乡

　　故乡有两种，一种是乡土意义上的，一种是心理意义上的。随着成年后的远离和母亲的故去，我与乡土意义上的故乡有了一定的距离。但是心理意义上的故乡，一直在心里，成为心灵的滋养与生命的力量。

阳光从古城墙斜入内史第

阳光从古城墙走过
一切归于寂静的力量
开始奔涌

魁星阁前驻足
观澜书院里凝眸
内史第蘸足浓墨
"窑洞对"探寻新路

在时间面前
褪尽轻慢的外衣

  川沙是我的故乡，内史第是我教育梦的起点。我时常给学生讲川沙古城墙、魁星阁、岳碑亭、内史第的故事。在我的相册里，有两张和学生在魁星阁前的合影，一张是我初为人师时，一张是我从教二十一年后。1998年的暑假，作为班主任，我带着几位热爱文学和历史的孩子登上了古城墙，摸着锈迹斑斑的炮筒，讲述川沙人民抗倭的光荣历史。二十年后的秋天，我带着一群少先队员与共青团员再次登上古城墙,依然是抚摸着静默的铜炮,讲述川沙人民抗击外敌的英雄故事。教育是缓慢的艺术,在潜移默化中慢慢塑造人格。我相信,浦东文化之根的寻访,一定会在学生的生命里留下印痕,滋养他们未来的人生。

岳碑亭前观剑南诗稿

剑南诗稿里的刀光
劈刻坚硬的山岳

团团浓墨
腾跃关隘要塞

男儿的热泪
砸痛万里河山

我在天地间
以指拟剑
北望
弥合天的裂缝

　　岳飞的故事,在未识字之前就已经震慑了内心。开蒙之后,更是对他膜拜不已。书法与英雄,成为特别能牵动注意力的焦点。每次登上故乡的古城墙,都要静静地在岳碑亭前站上一会,那份虔诚就像是落笔写一个字。

乡愁之稠

外婆与祖母的影子
在灶台袅袅的烟雾里
定格成唯一的故乡

一份小食　几句童谣
摇醒舌尖的记忆

倘若正逢雨季
橹声里该有我的少年
明亮的低唱
他分明去了远方
我的视线落在北窗

所有的乡愁
并非只生出惆怅
当一切念想藏进月光
我便成了你遥望的方向

小时候的味蕾是乡愁的源头。我的乡愁，是随着外婆与祖母的故去而生发的。当某些食物的滋味再也无法复制，特属于外婆与祖母的美食秘籍，融和在童年的追忆以及青少年时期的遗憾中，成了思乡的理由。

海岛夜听

夜
已　深入腹地

光已熟睡
唯有声不愿入眠

蛙鸣盖过了远处的波涛
一对蟋蟀正互诉衷肠
偶尔还有壁虎嘀咕

雨是主旋律
在自然的眠榻
孕育新的声部

所有的天籁一起发力
磨一颗时光的珠
潮汐涌来　在此处打结

此刻
除了聆听
一切皆是多余

以园听涛

护城河绕个弯
梦一个叠着一个
波纹漾开　海滨古镇的渊源

青苔守着老街
在每一个可能的缝隙里
盖上时间的印戳

牌坊　内史第　古城墙　岳碑亭
戏台的余音不止绕梁三匝
潮汐连通东海　涨落有序
护城河的水
一半含泪
一半洒汗

卷一轴掌故
从以园的方桌起身
流连在营造纪念馆里

用目光检索川沙城的近代史

工匠的慧根

成年以后才真正懂了故乡,也懂了故乡烙刻在自己身上的痕迹。梦回故乡的一个又一个场景,是重回童年的通道。

枕水而眠

光
给出更多理由
停驻江南

云烟　攀上屋檐
袅袅随风
夜雨　眠入河床
滴滴无踪

呓语
经夏发酵
一坛　渐醉的记忆

从太湖水系
打捞水乡　甚至更久
时间的陈酿

江南的故事，可以从水系追溯。它的源头，连着故乡。

垂 钓

在光阴的长河里
双眸作钩
思绪为线
溯源　展望
钓一枚新生的鱼卵
定义鲲鹏

水的皱纹

潮汐褪去
水波的隐力
以皱纹的形式
在江滩写下年龄

毕竟年岁尚小
白发尚早
潮水一涨春风一来
又是青葱满眼

  潮汐在涨落之间,泥沙在河床与岸的边缘留下的痕迹被冲走又重新留下。细微的变化,在不知不觉中形成。在自然面前,一切都是渺小的,一切也是必不可少的。

抵 达

潮汐与引力之外
另有神来之手

以波为经
衔光作纬

在时间轴上
一只江鸥抵达一支飞梭
衔起梦的源头

  在黄浦江畔看潮汐变化的时候,视线被一只江鸥吸引。江面上,这只鸟儿一会高飞,一会低旋,像一只飞梭衔着丝线在纺机上织布。江面上航行的船只与来回的渡船,江底车流密集的隧道,江上遥相呼应的大桥,都被这支飞梭织进了时光的锦绣布匹中。

第二章

满庭芳华

晨间素描

这是七点三十五分
阳光逗留的瞬间

风嚼着草的清香与桂的馨香
越过一片又一片草尖
追逐光的速度

撞落的朝露
滚进孩子们的书册
摇身一行行诗句
在唇齿间驻足

心底的河开始奔腾
一帆滑过
草尖上挂着"朝露待日晞"

此刻　万物相辉
我的指尖

垂落一滴真珠

　　每次踏着晨光走进校园,总会看到几个孩子捧着书册,边走边背诵着古诗词。以这样的方式开启一天:霞光在他们身后,书册在他们手中,欣喜在我们心底。

辛丑正月初一

辛丑正月初一　我在校园里
看花儿一朵一朵
点亮每一个角角落落

教室里　操场上
去岁的加油声
余音犹在

智取　刚健　文心　科创　研学
一颗颗小星星
挂满五行课程之树

那些闪亮的眼眸
正在寻找登攀书山
新的路径

路

寒暑秋冬　晨昏午后　晴雨雾霭
无数脚印
在这一条路上
重叠
留下无数迥异的签名

这是一条线段
两段连着家和社会
这是一条射线
起点在此刻
未来　在脚下

拔 河

拽住时间的长绳
和意志较量

绿茵场上
一场拉锯战

千钧的力
砸开每一滴汗裹藏的坚毅

松手之前
一切皆可改写

随堂观课速记

　　抛
　　　　奔
　　　　　　接
　　　　　　　　跃
　　　　　　　　　　投
呼与吸尚未完成一个循环
球带着风
稳稳灌入篮筐

只一瞬
未及眨眼
精彩
已奔跳而出

沐着光　转身
下一秒
又一条漂亮的弧线
勾勒光与速度的轨迹

自信
恣意奔流

此刻便是
活力与青春
无需注解

"最终王杰是唯一一个体育学科见习教师规范化培训优秀学员，祝贺他！"这是王老师的带教导师、学科带头人、国家级裁判王瑛老师两年半前的留言与祝贺。两年后，这位被导师高度肯定的青年教师，获得了新苗杯教学评比二等奖。我在他的课堂上，找到了获奖的秘诀：每一堂课都精心准备，认真对待。在新云台的校园里，这样仔细雕琢自我的青年人，还有很多。"千淘万漉虽辛苦，吹尽黄沙始到金"，我喜欢在这样的随堂课里，去发现更多闪亮的教学新星。

张 望

夏　总喜欢袒露心扉
热烈的话语
即将羞红
杨梅的小脸

石榴不再矜持
大方地张望
朝向奔涌的荷尔蒙
敛聚梦想
给盛夏一份嘱托

那些汗流浃背的孩子们
牵引着草木的视线
牵引着潮汐的节奏

总有新的惊喜
隐退与萌发

爱在转角处

离会场二十米
离开会一分钟

转角,一对师生的新课堂
还在热烈着
持续着

两条走廊
无数台阶
相随一路
你问我答

我与镜头
静止为见证者

未来的花开
已在蓬勃酝酿中

苏霍姆林斯基说："真正的教育者不仅传授真理，而且向自己的学生传授对待真理的态度，激发他们对于善良事物受到鼓舞和钦佩的情感。"德国文化教育学家斯普朗格说："教育绝非单纯的文化传递，教育之为教育，正是在于它是一种人格心灵的'唤醒'，这是教育的核心所在。"

课堂里的光

明亮的眼神
高擎一柄火炬
引燃求知的索线

高举的小手
触碰更高处
拔节的橄榄枝

埋头书写的笔尖
雕刻求索者登顶的石阶
每一级阶梯
洒满爱与责任之光

这光
是一首小夜曲
让晨曦满怀期待

每次听课，总能看到孩子们一双双明亮的求知若渴的眼睛，还有高高举起的小手。老师们用心的投入和智慧的引导，一定会让他们抵达他们自己的最近发展区。

爱的期待

你柔弱稀疏
我不介意
你生长缓慢
我不介意
你用十分钟背出一个公式
用一个晚上默写六个单词
用稚嫩歪斜的笔画写一篇作文
不流畅　很费力　还出错
我却欣喜万分

用一双手
护一片绿
这不仅仅只是一句承诺

待到绿茵满坡
每一叶草尖
都是晶莹的珍珠

初三任课教师座谈会上，一位老师分享了开学这一周的一个案列：用十分钟等一个孩子背出一个公式，其他几个有困难的孩子跟着也慢慢背出来公式，有的还背出了两个。老师给每个孩子一个五角星，评分为100分，还在晓黑板班级群里进行了表扬。这一天，老师很开心。她说："虽然很吃力，但是慢慢来，总会有变化的。"爱的付出有收获，自信与执著也会点亮智慧的灯塔。这是对爱的期待最大的回馈。

蒲公英

当你被孩子们簇拥的瞬间
何尝不是一朵花的绽放

花开那刻
不仅见证奇迹
也是爱的回馈

就像一株蒲公英
拥抱无数爱的种子
从深秋迎接春的萌芽

　　蒲公英是一种花，也是一种态度。无论飞到哪里。我们的老师说，愿意像蒲公英一样绽放。它们带着种子飞翔的样子，很美。

硕 果

这是午餐后散步
我们时常经过的果蔬园

梨树　苹果树　橘子树　樱桃树　枇杷树　无花果树
它们用不同的花开来标记四季的轮回
我们品不同的花色来留痕岁月的足迹

那日枝头还是莹白一片
今日已是硕果几枚

它们安静地开花　结果
我们平静地教书　育人
互相见证生命的过程与张力

邮 戳

晨　微雨
几个孩子在等太阳
小脸上盖着粉红印戳

时光把他们从昨天邮来今日
又递向明朝

途经此刻　一群邮递员
正忙着分拣目的地
小心盖上邮戳
就该陪着他们出发了

每一枚都藏着梦想的种子
待你读到明朝的信笺
便会相信所有企盼
都能在春风里绽放出别样的精彩

雨中访杨梅初果

三枚杨梅的初果仰着脑袋争论
这一滴水
下一秒的落点

雨在酝酿
落向谁的额头
醉红谁的脸颊

味蕾波涌
别急　别争
时光正在成全彼此

夜雨问归

不留神的追问
小雨淅沥　隐雷暗滚
空气兀自慌了神
外婆　在时空的另一端
牵动沉沉思绪

一颗小脑袋
顶着水珠
递来脆生生地问
还要排队等家长来接么

哦　下雨了
带伞了吗

带了　带了　我也带了
孩子们争先恐后
唯恐这份哽咽
无处躲藏

和我一起走吧
我的伞下可以躲十个人

清脆的笑声　止住雨
屋内悄悄晴了
外婆的天空
便也晴了

　　那是一个雨天的傍晚。走到二楼办公室的时候,看到沈老师眼睛红红的。一问,才知道她的外婆刚刚过世。说不了几句,就哽咽着泣不成声了。我正懊恼着不知该如何安慰才好。
　　一个孩子一边叫着老师,一边就冲了进来,一看到老师的眼睛和神情,愣了一下,假装没有看到老师哭泣伤心的一幕,马上开始转移话题,问着日常放学的一些琐事。沈老师及时调整了情绪,回应着孩子们的好意。
　　于是,各式各样的伞,在雨中开出别样的花。孩子们簇拥着老师一起回家。我目送着他们,几把伞在雨中越走越远,清脆的童音与柔和的话语却一直没有走远……

校园的雨

三月的雨特别调皮
斜卧在枝头
假装一粒粒报春的芽孢
或者悬在花瓣边缘
扯着你的视线
跌进落英的浅溪

噗嗤扑哧
浅浅的低笑
在孩子们的伞面上
旋开一朵朵别样的花蕾

一条彩色的小河
在校园里流淌
分不清是雨滴跟着孩子们集合
还是孩子们悄悄变成了小水滴

每逢下雨天，一道道彩虹在校园里，架起一座座移动的桥梁。这是特制的爱心伞，为师生遮风挡雨。校园很大，从校门口到教学楼，有一段长长的大道，一旦下雨，没有带伞的师生只能望雨兴叹。从教学楼到食堂，虽然直线距离只有十米，但是遇到特大暴雨，这十米也是一道巨大的鸿沟。怎么办？做一批大伞吧！于是，下雨天，校园里开出了一朵一朵彩色的花。雨天的早上，彩虹从门口执勤的老师手里，交到没有伞的学生手里，一路延伸到教学楼。午餐时间，老师们在教学楼与食堂两段来回奔波传递彩虹伞。下雨天，孩子们再也不怕没带伞了。或许，还会有孩子为了撑一把彩色的大伞听雨滴击打伞面的噗嗤声，期盼着多下几场雨呢！

美术教室

雨还在欢跳
从亭子越过葱郁的树叶
逐着早晨的歌谣
绕廊嬉戏

墙面上的小卡通探出身来
向我悄悄招手
来这里看看

粉红老师正埋首黑白世界中
剪纸　版画
还有隐形的台阶
素描一幅醉人的风景

循香踏音

香会飞
牵着脚步
踩动午后校园的琴键

一个叫苏畅的孩子
在粉红老师的悄然相助下
按动色彩的音阶

足球点燃绿茵的激情
法兰球演绎青春与浪漫的力量

课堂里　思维蓬勃着生机
文字一手牵着数字　一手挽着字母
幻身孩子们笔下的百变金刚

萨克斯吹响回家的指令
晚安　校园
老师窗口的灯
却迟迟不肯熄灭

看 见

怕刺疼了仰视的双目
隐形　给万物
镀上一层金光

怕踩疼了归家的游子
俯身　为清晨
选一个最好的视角

镜头里
一个是日月同辉
一个是生机勃发

焦点在哪里
欣喜就在哪里

　　气温虽已攀爬了几度,但清晨的风依然凛冽。远远的,口令声牵住了我的听觉,原来是国旗班正在训练。那铿锵的脚步声敲击着我心的节奏,目光在挑剔孩子们步伐的不一致,心底却是欣喜着忍不住要表扬几句：不错，不错！一切都是井然有序，一切都是生机勃勃。

回到办公室，随手翻开案头《说文解字》，看看校门口"明志笃信，好学力行"的校训，再读读古人的"厚德载物"，拿起笔临摹几行字帖，心里的字，便也立了起来。

每一个鲜活的生命个体，何尝不是行走于校园里的生动的文字。

秋日果蔬园

视线拐个弯
秋　笔直
冲进视野

或躺或立或垂
每一株都有认真交待

无花果与芦黍
勾扯味蕾
在童年徘徊

一位祖父模样的园丁
向我隆重介绍
孩子们毕业时种的果树

我　一时走神
也站成了一棵树

已成熟与正成熟

梅子黄时
除了晴　亦有雨
绿阴里　除了鸟鸣
有更多琅琅书声　谆谆教诲

杨梅　红得很有分寸
视线推波味蕾
齿颊间　余香氤氲
自然熟透的甜蜜

还有梨　李子　橘子　无花果
每一枚　都在履行草本的规律
在合适的时间开花
在合适的时间结果

正待成熟的
还有一枚特别的金苹果

第三章

云上花开

自然物语

一个有香气的灵魂
从草尖上苏醒
这是草本的母体
汲 365 日　光　水　风的能量
娩出的一个精灵

爱　孕育一切奇迹
我们与自然一起
诠释爱的杰作

一朵小小的花里,是自然神奇的力量。见证一朵花开,就是见证自然的力量传导。我们是这个链上的一环,也是一种力量。

花开,是岁月默默发声

岁月不言
草本循时序轨迹
发声

收拢全部注意力
在光阴的背景墙上
倾洒一瞬幽香

每一个被光笼罩的日子
是谁的日记
在时空里回响

草本,是岁月的一种标记与留痕。不发声,只开花,就说明了一切。

花开有声

屏息的时候
香　如浪涌

闭着眼
便能摸到
每一圈波纹的形状

是晨起的第一颗露珠
透彻纯净
是月边的最后一抹云彩
柔韧舒展

每一个暗自敛力的瞬间
终将井喷
以花的姿态
冲击耳膜与视觉

这是 2018 年 9 月 13 日的日记，当天收到两个获奖信息，一是张培老师书法获奖，一是嘉佳老师手机摄影获奖。张老师是自学成才，校园里挂着他的书法作品，俊逸的笔法透着老成与灵气。嘉佳举起手机时克服了颈椎和肩背的疼痛，以独特的视角捕捉了生活中的美好。后来，数学教研组长胡艳老师又告诉我一个好消息，周文华老师获得中青年教师教学奖项。虽然还未聆听周老师的课，但她笑盈盈的眼睛已让我感受到她课堂的春风扑面而来。

红叶李的哨音

春的哨音
集合一树娇俏

每一朵
都是一首咏叹调

红叶李的花,是春天比较早绽放的花。

樱花心事

海棠正盛的时候
樱也慢悠悠醒转来

几朵白云粉霞
淡淡地热闹

13号线的风在中环上一路奔驰
转个身从浦东图书馆里掬来一捧香

新云台的每一朵樱
都成了沉思的艺术家

有些急急地张扬
有些害羞着沉吟

还有几粒躲在芽孢里
等着暖阳催它出门

最美的时候

莫非就是这刻满怀心事的样子

晚 樱

莫非
30 度的高温
是一声集合的长哨
满园的晚樱
玩起了快闪
就这么热烈地娇羞着

黄四娘家的花蹊
大概也是如此
千朵压着万朵
娇羞地热烈着

　　这一天,气温居然飙升到了30度。满园的樱花,一下子都开放了。时刻准备着,一旦时机成熟,就是绽放的时刻。

海棠梦醒

海棠竖起耳朵
倾听风过的笛音

春的奏鸣曲
即将启幕

石榴花的遥想

或抿着嘴羞涩
或轻启红唇喃喃低语
或大方地坦荡着别样的娇美

待到深秋
捧出一颗颗剔透的心

绣球花开

黄昏的时候
我们对视了许久

它们并不寂寞
一切在静谧里蓄力

它们向太阳
向脚边的小腰泾
蓄集能量

小腰泾的水
不仅与江海相通
也与历史相关
于是它们一个个开出
圆满浪漫的希望

路过时想起放翁
忍不住放轻了脚步

小腰泾畔有几株绣球花。一天黄昏，路过那里，饱满热烈的花球开得正热闹，红墙作底，翡翠掩映，暗香盈动。此情此景，不由想起了陆游的《卜算子·咏梅》。

栀子花开

从软糯吴语的声线里
慢慢打开锁了一岁的心蕊

以独立的姿态　在胸口
表白　以环的形式
牵着手腕
走进特别的季节

栀子花　白兰花……
纯白的蓓蕾　幽香的魂
眠入梦的最深处
铸江南的性格

每一个清新背影的长发里
萦绕　谁的叮咛

樱桃树下

午后　雾散
樱桃树下
甜蜜正向四处奔溢

蜜蜂忙着访问花蕊
藏匿一个个惊喜
名唤秋日

鸟儿愉快地婉转着歌喉
蓝天和白云终于安心
聆听了完整的一曲

被阳光亲吻的万物
不再矜持
花　叶　连同心
一切都是舒展的

樱桃的花与樱花很像。不过，前者有果实，玛瑙一般红亮剔透。

六月的气息

六月的气息
从枝头层层涌袭嗅觉
枇杷树的果子
收获的宣言
酝酿已久

我驻足树下
回溯六月之前的许多次注目
同一个角度　不同时刻
心境敛藏无数光的暖
从花开的瞬间
拂过青涩　定格金黄
渲染阳光的味道

最后一刻
你离开了栖身的枝头　我的视线
我却暗自欣喜
你向天地交了答卷

茧 花

这种花
最美

蝴蝶不敢轻慢
蜜蜂不会打扰
花匠不来攀折

每一个季节
默默绽放
在掌心与指端
以最热烈的姿态
拥抱饱满硬实的谷穗

这是岁月
给生命的馈赠

  摩挲着手心,就摸到了一颗颗坚硬的花种,这是岁月绽放的最美的花。

生命的怒放

从嫣红　沸腾
每一瞬奔突
爆发的芽苞里
紧裹着信仰的花蕾

在苍穹　在深海　在边陲
在一切最需要热血的地方
坚守　翱翔　深潜　扎根

这是生命的怒放

一旦召唤
目标指向新的突破
完成自我重构

春天是一种新的开始,有无数可能。

惊蛰，一种力量

这一股力
蛰伏在虬枝深处
汲取每一寸光
烙刻的誓言

春风是号角
只需一声低唤
声浪　叠涌

每一处伤口皲裂
生命的呐喊
突破层层桎梏

疼痛的记忆
终将在一枚果里
消融灌蜜

花的结论

一朵花绽放
从自我证明到自我证伪
完成一场
轰轰烈烈的生命大戏

果实　唯一见证
无声的结论

蜡梅花的种子

己亥腊月十二
恰小寒
乍冷又暖

或俯或仰或展翼
梅蕊吟一阕
迎春序曲

一只蜜蜂裹着
太阳的光
正酝酿 2020
如何孵化梦想的种子

  2019 年，己亥腊月，花开的时候，谁都没有预料到庚子的艰辛。梦想的种子，或许就是填满了平安的祈福吧！

庚子春分

今春的花开
迟了几日

春风的力度
也轻了些许

疏落几笔
春　反倒饱满了

2020 年，疫中。庚子的春分，让一切的生机显得更为可贵。

在春天回望

上一个立春
无数片凌寒吐香的雪花
在万朵蓓蕾被虐杀
在春的脚步被阻断
在危机四伏的未知中
守住了一个特殊而漫长的春天

这个立春
坎坷路上的每一处刻痕
从诗人的字句中
喷薄出更多的勇气与力量
站在笔尖
我们亦是勇士
手提文字高洁的灵魂之灯
驱走阴霾　恐慌

我们已然听见
这一季

花开的脆响

那素白如雪的勇士

正接力使命

守住又一个春天

2021年，辛丑年，疫后的第一个春天。

春风展开一页回信

这是春风抖开的
又一封
回信

每处落笔
藏着时光酝酿的
情绪　从去岁开始积攒
或浓烈饱满
或浅淡内敛

我想　你定然已收到
那些从梦里寄出
无法投递的信

那些花开
是你借着自然之笔
作出的回复

风抚平折痕

我抚平情绪

开始轻声诵读

一个季节的结束

以及另一个季节的开始

我确信

会有另一朵花开

捎来你新的回信

落笔细腻

着墨无痕

而我

终将在某一天

成为其中的一封回信

第四章

草本哲学

草本的力量

柔软与坚硬

鲜艳与古朴

草本一岁的枯荣与石的永恒

在一个对话框里

和谐呈现

若你有足够想象力

或许可以写一笔

以孱弱之躯

顶开重压

收获生命馈赠的惊喜

宗白华曾指出中国山水画"简淡中包具无穷境界"。校园的一角,灰色石静默着,仿佛一位时间的老者;四叶草的花与叶大大方方地洋溢着青春的气息。这一幕,何尝不是一幅简约却蕴意无穷的中国画?

当这一处小品,以一幅摄影作品的身份出现在我面前时,我被深深地打动了。我按图索骥,终于在校园一隅找到了它。原来,它就在校园里,就在我的身边,却因为我行色匆匆而被忽略了。此刻,当我驻足停留,无意中收获了一幅寓意深远的山水画,在时间的相框里,它们生动地诠释了励志的自然之力。

绿的质感与情绪

绿　一个极具质感的词
或浓郁苍劲　藏着老辣的深思
或清新脱俗　透着初生的力量

当它以一枚叶的形象
表达一株植物的思想
视觉　嗅觉　听觉　触觉
一切感官的情绪
都被悄悄掀动

阳光闪过
沉郁者越发内敛
不动声色地行走于岁月的经脉
新生者从不矜持
它轻快欢乐
清亮明媚

嗅觉跟着敏锐起来

揪出所有与生命有关的元素
涂鸦一幅生机盎然的油画

蓬勃的生命力
愉悦了视觉
舒展了眉眼

一株滴水观音的简历

被掰去半株后
从丰腴暴瘦
直至仅剩孤叶一片
它不声不响
一叶一叶
找回生命的活力

阳光　空气与清水
见证这株日渐细小的茎叶
自我较劲的倔强与执著

这名唤滴水观音的茎叶
如观音一样
渡己　渡人

你不动声色送我一粒惊喜

时间总在不经意间
孕育惊喜
今日　你不动声色再爆一粒

那些发光的日子
从盈盈浅水里
溯向源头

那一粒小小的芽
怀抱整个宇宙的慈悲
做滴水的观音

渡

只要足够坚定
清水里一样挺立傲骨

一株受过伤的瓶植
易地易瓶易盆
主人不弃　它亦不离

岁月见证
观音自渡

生命的节奏

又撑一季枯荣

不慌不忙　不紧不慢
以自己的节奏
诠释生命

生命从来就是不动声色的自愈

根　与大地久已失联
瘦成嶙峋的半截
糜烂　脱落　断裂
留一张孤叶
悬于生死两难
一条细长青翠的根须
守着一方浅浅的水
蘸着时间的分秒
独自撰写无字的日记

并非茕茕孑立
生命　从来就是
不动声色的自愈

那一股力向着去处
闪亮　发声

生命是一程修炼

生命是一程修炼
在起点和终点之间
每一个点
皆因果相对
彼此生力

枯萎
又渐次萌芽
勇往直前的信仰
生的轮回

来不及叹息
便暗生欣喜
羸弱　从来成不了
停步的借口

新 叶

四月的第一天
小小的瓶口
怯怯地探出一颗小小的心
葱翠着无声的绿波

回溯经年
纵然日渐孱弱
冬的壁垒
终究禁锢不了春的涌动

雨水这天与苔细语

雨水在前一晚
就开始絮叨不止

泥土深处
蛰伏的生命
在雨水里开始丰盈
高耸的粗枝与舒坦的地面
披着姿态各异的苔衣
侵占了我全部目力

苔无语
只代天地发言

若是以目为足
梦得先生的陋室
早已遍布我的印迹

或许该选一朵

在这个雨水时节
也写一篇铭文

春耕的鼓号

它
蹑着脚轻轻穿过晨曦
撩起梦的一角
吹响春耕的鼓号

我与太阳
并肩在浸透了雨水的土壤里
宛如两个战士

惊蛰，一个话题

春
不再蛰伏

一颗颗绿芽
从硬冷中逐渐苏醒
释放某种波长
关于希望与信仰
永恒的话题

一切存在皆为合理
风可非风　雨亦非雨

自然周而复始
温暖春江的水流

谷雨的心跳

听了一夜的雨
嘀嗒　嘀嗒
谁的心跳

慢了半拍

把自己变回
一粒种子

泥地里打个滚
仿佛母亲的怀抱
就在眼前

小满即兴

小满的一个注解
关于籽粒趋向饱满
需要多少耐心

由孱弱到鼎盛再衰落
生命只不过是一个过程
每一刻　因果相望
每一个低谷对应一座高峰

每一次等待
未知中的颤栗
浪般奔涌

把耐心铺展成最大的海岸线吧
这每一组浪涌的高度与潮退的底线
辩证力与度的无限可能

盆沿的瘦瘠的观音啊

一滴清泪

灌浆每一颗虔诚的籽粒

秋的慢递

有一个日子
犹如待寄的包裹

把这一天
剪成花　剪成月
剪成最满的圆
拢在手心
捧住香　捧住光
捧住最美的愿望
然后　选一位行者
护送它
抵达终点

这是时光的慢递
来自秋的委托
花的心意

那坚实的果

是经岁月洗礼
启封的馈赠
暗藏的念与想
只在生命里
慢慢增长

沿途
一路芬芳

根

不惧黑与冷
再向更深处探索
握一握母亲的双手
出发时　默默地叮嘱

把欢喜袒露成一枝饱满的花
或者收敛为一枚踏实的果
即便什么也不说
踮起脚跟
努力捧上
那满腔的诺言
溯的初心

定义草本的关系

站在更远的视点
看这种恒定
突围胚芽的厚壁

经霜的枝头
慌成一团热焰

梦想让一棵菜的姿态
美过一朵花

在你到来之前
我要重新定义一种关系

聊聊春秋

所谓春华秋实
并非一定跨越三季
无花果早早立上春的枝头
一枚果便是笃信的见证

一树樱桃在某个雨日窃窃私语
从一朵花到一颗果
春　只作了一个背景

莫急　莫急
自然这篇美文
总有惊喜与辩证的点睛之笔

熟透的桂花果实
与桔子花骨朵
聊起了春秋

春华秋实

纠结
是最无趣的花

秋日来时
除了它
其余的花朵
都踏实地躲进了果实里

沉 淀

花与果
绽放与内敛

草本　蘸一岁荣枯
暗写周而复始
不息的歌谣

第五章

聆听生命

声音的魔力

与傲骨相守
你的脊梁
挺得笔直

匍匐身躯承万马与千军驰骋
夯　韧的底色
困不自弃　强亦奋发

风骨为笛
颂忠臣热肠
赞少年担责

一声长吟
重生的宣言
与文字一起直立行走

作家赵丽宏、马文运，大学教授王意如，诗人杨绣丽、黄玉燕，朗诵家陆澄等名家走进校园,小记者们登门拜访学者鲍鹏山……孩子们用心感受着文字的魅力,用声音演绎着自己的理解,用文字表达着自己的情感……

聆 听

这一种天籁
侧耳间
微颤心弦

小品半曲
旋律一节
氤氲余韵连绵

最妙　莫如
听　指挥的眼神

春的音符

楼下鸟儿的啾啾
从清晨开始变得稠密

视线与听觉
如浪　起伏

在自然的底稿上
春的音符
雀跃呈现

每一处落笔
蘸着日夜星辰
透明的预言

每一曲热烈
拨动心底特别的弦

紧裹的花苞

渐次怒放

向着整片蓝天

　　我的办公室,原本是一个露台。三面都是窗子,鸟鸣声时常伴着我从早晨一直到傍晚,聆听自然的天籁之音。

春,繁花的大合唱

这是一场大合唱
风是指挥
阳光是观众
领唱的是一只正在授粉的蜜蜂
合唱的是一群小花
一朵挨着一朵
排成不同的声部
一起咏叹
不竭的生机

四月,一阕反复吟唱的歌

红墙为底
着粉点翠
四月　由疏渐密
填一阕樱的浅吟低唱

最深的柔情
挺立硬的风骨
前一刻翘盼恣意绽放
下一秒无惧悄然陨落

鸟鸣与风吟
起了前奏
合了间奏
等着枝干的年轮
撼动下一阕的高潮

日月为鉴
风霜作证

这一阕反复吟唱的歌

不曾有尾声

阳光住在每一枚叶里

这个季节
银杏毋需低调

捧着阳光的调色盘
一边勾描　一边
和路过的风闲聊

每一片
都是秋日吻过
最显眼的爱

爱无言
亦无索

草本荣枯
周而复始

此刻每一枚

都是光的源头

春风的牵挂

再没有比阳光更美好的加持者了

阳光刚一露脸
万物都变了模样

血液与河流
和着呼吸的节律
不知不觉暖了几分

昨日噙着雨滴的花蕊
此刻笑吟吟
明媚着　透彻着
暗吐馨香

遥望曾经的含苞欲放
一颗颗小脑袋
向着果实的目标
谦逊地低下头

一边唱响生命的欢歌

一边握着阳光明亮而温暖的手指
开始勾勒未来果实
饱满流畅的线条

生命在细节里发光

总有一些惊喜
在物我对话中
氤氲一波又一波
感动的浪涌

这不经意的雀跃
是春风轻吻的秘密
是去岁悄埋的伏笔
是自然毫无保留的馈赠

一支亘古不变的歌谣
从枝头溯向远方
所有细节
慢慢苏活

生命兀自发光
视线　另起一行
热烈与纯粹
留白时间简史

镇 石

一条鱼被锁住
游动的轨迹

它以凝固的姿态
镇守案头的白纸黑字

时间总有办法
分崩离析
鳞片里　每一颗隐泪

直到庄周和惠子
以沫起一个湖
悬一个话题
拷问　千百年

也是红豆

看它攒成一首
最古老最浓烈最真挚的歌谣
悠悠地从江的这头
飘到江的那头

经过无数
时间的码头
不肯停留

枫

或许还在等那一个承诺
犹豫着　只抛半颗红心

风拂的力
落　无痕

待经霜的晨
唱响一支歌谣

聆听　满腔热血
从脚下奔腾至云霄

叶落之舞

是一种逃离
扯着不舍的碎步
在风摇落又一片风铃之前
在你的声音砸疼我的耳膜之前
退下七层云端

树选择放下
来年　绿意依然纷纷
从春风里醒来

松开握住枝桠的手指
拥着阳光
一只一只化成透明的蝶

爱是永恒存在

再多的阴霾
遮不住阳光的暖
再多的关隘
挡不住春的深爱

池塘暗涨
柳叶细裁
转眼又绿了江南的岸

一朵花面对一片海
无声告白
爱是永恒的存在

关于未来，你我都是作者

它的妙
在于结局尚可修改

这一秒与下一秒
你永远是作者

不止是聆听
不止是击掌
走入你们的情节
我不再只是一个读者

人生没有橡皮擦

人生没有橡皮擦
一笔落下　即为永恒
任凭用力擦拭
每一步烙痕
在人生的底稿上清晰如故

人生亦无回头路
一弓拉开　箭即刻离弦疾去
既无法暂停行进的速度
也无更改曾经的轨迹

你或许找到"如果"
这个极好的遁词
在想象中一次次修正遗憾与错误

现实不给"如果"验证的机会
它终究是无解的假设

如此，请万般慎重
唯有拉弓满弦　蓄势待发
才能在与它相遇那刻
无憾的坦然

十四岁,闪光的记忆片段

以爱与感恩为内核
十四岁的生命之花正绚烂绽放

读父母的来信
从有点不好意思
到表情变得凝重　眼里噙着泪水
这是一个孩子的心路历程
懂了父母心
便也懂了自己的责任

粉红老师一个温暖的拥抱
是师爱　也是母爱

晓媛老师真诚致谢
"特别感谢同学对我的信任"

陶金老师说做自己喜欢与擅长的事
是一种幸福也是挑战

激励的话凝成一句

"少年们,往前冲!不要停!"

送 考

相比目送
我更喜欢迎接

小轩同学刚闪出考场
就被高老师逮个正着
一题一题仔细回顾
确信没有失误才放下悬着的心

蔺同学也提前交了卷
提问已是多余
写在脸上的自信就是回答

方杰悄悄冒了出来
"谢谢老师!
你整理的资料太有用了!"

一群脑袋凑在一起
考后回顾　这一年的付出很值得

来　万里长征又一步
让我们一起留个合影
为现在点赞
为未来加油

　　2019年5月25日上午，上海市初中毕业生统一学业考试进行思想品德科目考试。我习惯性早起并奔赴考点，比我更早的是初三的任课教师高老师。她抓住最后的时间给孩子提炼重点，鼓劲加油："记住：认真、仔细、自信，遇到难题不要慌张，想一想平常练习的口诀，这些题目你们肯定都会做。"

　　走出考场的孩子们一个个都是满脸的轻松，有自信的欢呼，有遗憾的低叹，有恍然大悟的释疑，也有不服气的坚持……良师携手共建强校工程，学子并肩见证自我成长。一位老师和九个孩子，用行动为一年的努力画上圆满的句号，也为接下来的考验鼓足了勇气与信心。

爱是一束光·2019中考即笔

人生的转折点
经棱镜聚焦
一座虹彩的桥
链接过去与未来

你从桥上走过
光向你身上聚拢
发散　反射　折回
又一架　向未来的虹

爱如炬　更亮更强更迅疾
连同无限叮咛
照亮未来前行的路

　　那天，送考。金花老师正在给方杰辅导。阳光照在他们头顶，形成一道彩虹一样的光晕，每一个孩子的身上都有一层光，老师们关爱的目光，还有他们自己未来终将焕发的光彩。

毕业季,折一羽白鸽归巢

沿毕业季这条线
翻折　几羽白鸽
渐次返巢

两鬓银霜
与卷面红批
记忆中的磁引
熠熠闪耀

悄悄
折一痕路标
回您身畔
撒个娇

楼已不及树梢高
您依然习惯弯下腰
眼波含笑

我的小鸟们

你们可曾探得云霄

几多奥妙

　　那天，一对毕业生到学校来，刚刚领了证，来发喜糖，来看老师，来寻曾经在这里留下的痕迹。在照片墙上，他们找到了当年的自己。岁月定格在过去，花开在未来。

不说再见

岁月螺旋前行
每一个叠加的日子
垒砌新的台阶
一级一级
不慌不忙
用三百六十五格
兑换一圈年轮

阳光被写进信笺
来不及投递的絮语
在风里沉淀
举轻若重

我们不说再见
每一个日夜
每一瞬分秒
彼此对视
任岁月无声

第六章 声闻于天

信仰如炬

从兴业路到嘉兴南湖
从井冈山到太行山大别山
信仰的火种　点燃梦想的路标

从求索知识的大学殿堂出发
抵达深耕教育的三尺讲台
我们把自己也燃成一支梦想的火炬

我记得梦想萌芽的脆响
年轻的胸膛在震荡中确立坚定的信仰

我们立下鸿鹄大志
一代一代接力
做孩子们的伯乐
也做青年人的火车头

我们在这里
做出最庄严的承诺

我记得右手高举　誓言铿锵
那一天　是人生的蜕变与成长
心头澎湃着无穷的勇气与力量
我坚信更美好的未来
在前方

当我穿越时空
从石库门走向天安门
心头有一盏明亮的灯
脚下是一条坚实的路

这条路　是教育
我们在这里　就是为了履行使命
为基础教育尽心
为民族复兴大业尽责

我的手里握着画笔
笔下生机盎然　满眼芳菲
我的指尖流淌音符
琴键自由欢跳　激发智慧
我愿用旋律和歌声来咏叹
我愿用线条和色彩来描绘
我们愿用毕生的才华

去追寻　表达　传递　创造各种美

扎根上海多年　我从未忘记家乡
坚韧朴素　是老区加盖的印章
海纳百川　是上海给予的滋养

从出生　求学　到工作　我从未远离黄浦江
敢为人先　是浦东树立的榜样
勇立潮头　是我未来该有的模样

铁锤的信念与理想
镰刀与齿轮的光芒
映照着我们胸前这枚徽章
看　它是一面旗帜
指引着我们前进的方向
佩戴着它　我们也成了一面面旗帜
在实现复兴梦想的征途中　高高飘扬

第一颗子弹的回响

那一声
喉间的呐喊
从午夜两点
划破苍穹
点亮整个神州大地

走过雪山　抗击洪涝
泥丸里裹着最坚韧的心
穿越火线　参与救险
血肉之躯铸就钢铁意志
上天入海　直面挑衅
国境内外捍卫尊严

苍穹里
赤诚的心跳
和着南昌夜空里
那第一颗子弹的回声

谱成一曲
铿锵的赞歌

备课，纸上的长征
——纪念红军长征胜利八十周年

我试图　用颤抖的笔尖
划出一条血路

突围
　　　突围
　　　　　　突围

两万五千里　艰难
跋涉在雪白的备课纸上

急流　悬崖　严寒
饥饿　疲劳　伤病
追兵　围堵　炮弹
这个深夜
我历经无数次的生死瞬间
走入这部史诗深处

"黄继光的故事是假的"

一声冷枪响起
子弹阴森
直奔鲜红的旗帜
我的心头一惊
笔尖急挡住
迷惘的孩子们

戏虐英雄
就是阉割信仰
可怕的杀戮
从有声到无形
又一道悬崖
横亘在精神的长征之路
蜂拥的围追堵截
是要割裂孩子们与历史的脐带

好在
这条长征路上
还有我们

我的笔尖愿作一架悬梯
为孩子们的求索搭路
或者化为一枚细针

缝合诚信与和平这朵姐妹花
亦或成为一支矛
挑破谎言的肥皂泡
也许直接塑成纪念碑
让无名英雄们恬淡的笑容
照亮每一颗年轻的心

明天
我将用今夜的征战
牵引孩子们澄澈的眼眸
完成八十年前的那次突围

刻痕，写在七七

这两个数字
被历史举成两把镰刀
割去记忆的杂草
割不去倔强的根茎
那些匍匐于地下
烧不尽的硬骨

从屈辱中站起来
演讲席上　我代表高一新生
怒吼出青年人的心声
那一年　我以笔为刀
刻下从戎的誓言
那一年　是民族疼痛
五十周年祭

良知与责任
在刀尖上绽放
一枚殷红的印章

历史

提刀横目

一场早有答案的人性审问

解剖疼的过程
——写在七月七日

你可以阻止心的发声
却不可以阻止疼的生发

像午后的一个闷雷
在远处酝酿了许久许久
提着担惊受怕的耳朵
一波一波　涌起心底的惊涛
窒息的慌张

仿佛一个笨拙的孩子
握一把钝刀
割枯黄枯黄的草茎
一刀接着一刀
担忧着这瑟瑟的枯草
明年是否还能翻绿抽芽

所有的疼
在醒着或者混沌中

被时间的敏感
无限放大

祖母是坛女儿红

祖母从不饮酒
除了八月十五日那天
这是从一九四五年开始的习惯

每逢那一天
绍兴产的女儿红
红了她的脸　也红了她的眼

火光在她眼中摇曳
燃向一九三八年诸暨的山林
乡亲们痛苦的哀嚎声里
老父亲急促而坚定地嘱咐　找堂兄　去上海

跑
快跑
拼命跑

亲人和草木已被溅起又落下的尘土掩盖

十六岁的女孩儿　　挣脱恶魔的巨掌
只身奔进孤岛上的公共租界

多么可笑又多么惨烈
在自己的家园里
失了家园

多么坚韧又多么勇敢
以羸弱的身躯
建一条血肉长城

多么伟大又多么博爱
在最危难的时刻
一个民族接纳了另一个危难中的民族

艰难与血腥的日子啊
酿出一坛刚烈的女儿红
在堂兄倒下的血泊里　　祖母站了起来

是的　　她站了起来
和孤岛里的人们高唱着《义勇军进行曲》
携手捍卫自己的家园

多年后　在这特定的日子里
耄耋之年的祖母　面对满堂子孙
启封沉痛而不屈的记忆

那刻
绍兴产的女儿红
红了她的脸　也红了她的眼

火光在她的眼中摇曳
从灶膛燃向一九四五年的八月
燃向一九四九年的十月

无耻的入侵者终于被赶出了家门
中国人民终于站了起来
她随着祖父回到川沙老宅

男耕女织的生活恍如一个短暂的梦境
早年被日本宪兵迫害的累累旧伤
终于夺走了祖父年轻的生命

祖母没有倒下
将仇恨与祖父的棺木一起深埋
拉扯着年幼的孩子　倔强地走向未来

她安详恬淡　默默劳作
而一旦提起鬼子这两个字
平静的眼中立即喷射出灼人的火焰

不能忘
不该忘
不会忘

这是怎样的痛与恨
这一条疤　在心头盘亘成强劲的根脉
孕育出一棵高大挺拔的大树

那年　她饮下一杯女儿红
红着眼对独子说　去吧
去祖国最需要的地方　保护她

每年　她都要饮下一杯女儿红
那坛女儿红　越饮越少
却越饮越醇

九十五岁的祖母
终于饮尽了最后一杯女儿红
红着眼对我说　不要忘

我不能忘

这是一项使命

寻一抔浸染堂兄热血的泥土

撒回诸暨的山林

再捧一抔故乡的泥土

撒在祖母的坟前

等到那天

还要洒上一杯女儿红

那最烈的酒

原 谅

当有一天
你明白

风不仅摧枯拉朽
也是爱的抚慰

雨不止暴虐无道
更充盈着生命润泽

雷电除了惊骇与警醒
也会指明一种方向

那时　心中所有瘀积的
恨与遗憾
尘世的万般苦衷
随着风雨雷电
消融于广袤无际

最终　心底一片澄明
因为原谅
滋生新的生机

国庆抒怀

那一年　那一刻
铿锵的宣告声
穿透无形的禁锢
挺直一个民族忍辱负重的脊梁

回音　久久回荡
一年又一年
以不可估量的波长
见证一个梦唤醒另一个梦的奇迹

我们在筑梦的路上
站立成一株株向日葵
将希望与梦想
填满每一枚狭小的果壳
每一粒籽一开口
便是誓言　掷地有声

那一瞬

2019年10月1日的天安门广场
"致敬"方阵礼宾车缓缓驶过
一位老兵右手敬礼　左手拭泪
这一幕　锁住了所有的目光

那一瞬　我是你心底奔涌而出的泪珠一滴
携着长江　黄河　赤水　鸭绿江澎湃的记忆
与万千激动的水滴一起击掌相认　再发盟誓——

冲破更多阻力
开拓更多未知
以亿万分之一　诠释
生命不息　奔流不止

你　泪花晶莹如镜
草地　沼泽　猫耳洞
南海　西疆　空间站
魂依每一寸土地

那一瞬　军魂闪耀
一位与共和国同龄的老兵
我的老父亲　与你隔屏呼应
右手敬礼　左手拭泪

致敬　穿行弹雨枪林的无悔青春
致敬　护卫国泰民安的伟大征程

那一瞬
你们以特别的方式
完成了一次神圣的握手与敬礼

城市,被你温暖地唤醒

每天　最先
唤醒城市的
不是啾啾的鸟鸣

当晨曦擦亮浦江东岸的陆家嘴
你已将陈毅广场
擦拭得如同一面明镜

哗啦　哗啦
伴着潮汐　你与小小的笤帚
凝成一道最美的风景

一座城的活力
在你忙碌的节奏中
温暖地苏醒

陈毅广场

那块牌子
早已成了文物
那个公园
也早已回到了主人手中

一座石碑
在楼群和建筑之间
标刻出一个
无法抵达的高度

在这个广场
唯有仰望
才能表达
最庄严的致敬

承 诺

此刻　雪原的厚度又增了几许
这是风雪的致敬
历史的见证

你们终极生命
履行最庄严的承诺
以血肉之躯守护
每一寸土地

从此　锦绣山河多了一排劲松
戍边卫国的赞歌里多了一部史诗
祖国的界碑愈加厚重坚实
国旗猎猎　红得夺目

那是你们澎湃涌动的青春热血
那是你们如战鼓锤击的铿锵誓言

这前赴后继　舍身忘我的背后

再次证明　民族力量的传承
中华儿郎的使命担当

这保家卫国最朴素的承诺
比昆仑山脉更坚定
比皑皑白雪更纯粹
比一切辞藻　更动听悦耳

我们是一群筑梦人

当人类起源
中国的梦
也开始抽枝长叶

嫦娥飞天，玉兔探月，神州遨游太空
中国有一个执著飞天梦
从神话传说，纸鸢翱翔，到卫星发射
专注凝聚历代智慧

潜艇游弋，航母护卫，三军守护华夏
中国有一个和平强国梦
从抵御侵略，追求统一，到立足世界
尽心维护祖国尊严

孔子游学，行知办学，各方慷慨助学
中国有一个教育兴国梦
从启蒙民智，唤醒民主，到关注民生
致力传承文明精髓

这千年的梦
是一幅奋进的画卷
是勇往直前的担当
每一个坚实的脚步
是自尊、自律、自强的回响

"不学礼，无以立"
圣人的教诲是立身之本
"始于读书，终于修身"
朱熹将做事与做人融为一体
"故今日之责任，不在他人，而全在我少年"
梁启超指明少年人责无旁贷的历史重任
"呐喊几声，聊以慰藉那在寂寞里奔驰的猛士，使他不
　惮于前驱"
鲁迅泣血唤醒沉睡的民众
"为中华之崛起而读书"
周恩来总理振臂高呼，将自己燃为一支熊熊的火炬

这是从古至今，历代先贤
忧国忧民之心
兴国强国之梦

教师，是一群筑梦人

"捧着一颗心来，不带半根草去"
这是陶行知先生的垂范
"教，是为了不教"
这是叶圣陶先生透彻的教育哲学
"一辈子做教师，一辈子学做教师"
这是人民教育家于漪老师最朴素的誓言

今天，梦想的接力火炬
已传递到我们手中——
守着初心，守着承诺
托举民族的未来与希望

筑梦路上，我们被这些光照亮
又成为照亮学生的光

在教育这一方天地里
以浦东勇立潮头特有的远见与激情
建一所奋进的学校
见证每一朵花的自由绽放

拼 图

这是一幅拼图
一只浴火的凤凰

烈焰中　每一个你　每一个我
都是这拼图中的一寸平方
此刻　为一场阻击
与时间赛跑
与病毒较量

从除夕夜的饭桌上
捧着团圆与平安的热望
背负特殊使命
一路飞奔
赴一个战场

无数支队伍汇拢
无数个你们并肩

白衣勇士的队列里

那张熟识的脸庞

牵动每一位老同学的目光

你　稳稳地扛起这份担当

与身旁的护士长击掌相约

再打一仗

为了千万亿人的安康

像十七年前那样

你们义无反顾　满怀信仰

十七年后　你们在这拼图的中心

成为一个巨大的焦点

防护服告急

口罩告急

药品告急

一声声告急　就是一道道指令

无数物资

经无数双手

从四面八方飞向前线

拼出这一幅众志成城的责任与守望

我　用诗句

记录见到的每一个瞬间

以及春天的生机暗藏

志愿者把课堂搬上互联网
让奋战一线的医护人员
不用担心孩子的学习与成长

孩子们用压岁钱换成糕点糖果
快递给心目中的英雄
这小小的心意溢满感恩的馨香

每一个路口街巷
每一个单位工厂
每一个小区新村
也投入了这场战役
仔细排查每一处漏洞
为每一个可能被病毒入侵的薄弱点
筑起一道道防护墙

每一个你　每一个我
拼出这一只浴火的凤凰
这每一平方里涌出
爱　责任　勇气　反思
在涅槃的烈焰中
闪闪发光

石 头

它沉默　庄重
锁天地隐秘

除了铺路　砌墙　立碑
它以千变姿态　诠释恒久职责
比如补天　将创世的神话定格天穹
比如作记　留一篇千古奇文
比如诞一个神通广大的猴
走一段西天取经的不凡路
或者浓缩成精卫口中的一颗微粒
像西西弗斯那样　在周而复始的痛彻中
突围一切桎梏
将不可能变成可能

最终　我们将被历史
刻出一个肃穆庄严的眉眼

光启未来

在东方与西方之间
你将自己作为燃体
吞一截过去
吐一团未来

开启科技的大门
一条光的隧道
一个新的领域

《几何原本》
打通西学东渐之路
《农政全书》
闪耀农耕智慧与务实精神
《崇祯历书》的每一个字里行间
印刻着求索的足迹

开埠之光
照亮浦江两岸海纳百川的胸怀

它们从光里走来

它们原本只是一个个灵感
在思维的幽深处蛰伏
酝酿出生的时机

当机器人产业技术服务平台
撑起四梁八柱宏阔的格局
梦想终于孵化为现实

实验室宛如母亲温暖的子宫
将小小的创意孕育成崭新的生命个体
科技密码赋予高度的智慧
集成电路是神经脉络
技术模块组合成骨骼和肌肉
可靠性与质量化保证了品格敦厚

携着祖先的梦想与基因
担负服务社会的使命
它们闪着光走向市场

医院里

有的做起了建筑师

有的精确计算路线

将物资及时送到每个角落

有的满怀爱心与耐心

充当病人的手与脚

陪伴他们完成艰难的治疗

学校里

趁着下课的空隙

争分夺秒忙着消毒

保障教育环境的安全健康

危险面前

它们毫无惧色

在水下检查电力设备

在难以抵达的地方高强度作业

在一切需要的岗位履行使命

它们脱胎于梦想

成长于责任

功成不必在我

功成一定有我

在这个功能型平台上
饱蘸激情
抒写已知与未知世界
便捷、智慧、美好的生活

在浦东阅读世界

霞光合上最后一卷书册
星星点亮夜读的灯,陪着读者
在梦开始的地方
播种希望

我们手牵着手,肩并着肩
灯塔一样地矗立
鸟儿一样地高飞
在文字的世界里
我们获得了前所未有的自信与自由
一切的不可能,都变成了可能
一切思维的火花,绽放绚丽与精彩
我们是这精彩中的精彩
绚丽中的绚丽
握住了文字
就握住了夜色中最亮的路标

我们,在浦东阅读世界

在浦东最高的云端
捧着墨香,远眺天际
耳畔是勇立潮头的铿锵誓言
眼前是敢为人先的开拓创新

在浦东最新的未来之城
擦亮双眸,见证奇迹
手中是孵化自主研发的勇气与锐气
心底是培育民族品牌的豪气与志气

在浦东最美的家园
提起画笔,描绘未来
潮汐涌动的力量,将推动持续不断的巨变
阅读孕育的思想,将创造意想不到的惊喜

当我的手指慢慢触动希望的按钮
那些直立行走的文字
温暖地牵住我求索的双手
被困顿裹住的脚步
终于不再迟疑,不再停顿
向着光明,我把自己
燃成孤岛上的一盏明灯

我听见初心的召唤
那些翻天覆地的故事
那些执著前行的探索
那些高举在先驱者手中
理想与信仰的旗帜
正猎猎飘扬
向着东方

在浦东,我们寻找自己的文脉
内史第里厚实的文化基因
擦亮了教室黑板上透亮的底色
百年党史的鸿篇巨著
诠释了"为人民服务"的宗旨

在浦东,我们创造自己的品牌
陆家嘴的高度日新月异
洋山深水港的吞吐令世界惊艳
翻阅国际经济、金融、贸易、航运和科技创新的篇章
书写腾飞的优美诗行
向世界吟诵一首奋进的歌

我们,在浦东阅读世界
世界因为文字而光明璀璨

未来因为阅读而更加饱满

浦东,就是一本令人寻味的书
翻开它——
一页写着海塘成陆的千年历史
一页留着西学东渐的文化印痕
一页燃着信仰引领的百年奋进
一页刻着时代发展的创新里程碑
阅读浦东,就是阅读世界
阅读世界,就是阅读未来
阅读未来,就是阅读我们自己

合上"浦东"这卷令人寻味的书册
星星闪亮着眼眸,酝酿着
以光为笔,写一篇锦绣华章

我们,在浦东阅读世界
世界也在阅读浦东
当全球的目光紧紧
聚焦上海浦东这个坐标
让我们一起点亮共同的心灵
迈向美好前程

尾　章

遇见更美好的自己（诗歌情景剧）

序幕

（摄影师扛着摄像机出场，独白）我是一个摄影师，偷拍是我的爱好。千万别误会，我拍的都是校园里最美的风景。（边说，边举起照相机咔嚓咔嚓拍个不停。）

场景一：图书馆

（两位学生正忙着借书、还书）

摄影师：偷拍有两种
　　　　镜头更愿意听从
　　　　双眼与内心的指令

学生甲：自主还书　借阅图书

学生乙：查找资料　制作课件

学生甲乙：每一瞬　都是馆内常态

（铃声响起）

摄影师：听，上课铃声响了。

（学生捧着书退场，边走边聊，渐成画外音）

学生甲：我喜欢看科学类的。

学生乙：我喜欢看文学类的。

摄影师（目送学生，面露欣赏之色）：我喜欢爱看书的你们！

（图书管理员上场，手里拿一份报纸，边走边说，惊喜状）：哎呀，这不是预备2班小关同学嘛！他的作文发表在报纸上啦！

（教师甲放下正在阅读的书籍，走向管理员）：让我看看，快让我看看！（举起报纸，很认真地看，大声地念）：

2018年10月1号是我生命中最重要的时刻。直到今天，我依然激动万分，难以忘怀。

那天，我有幸和小伙伴们一起去陆家嘴滨江大道参加"青春建功进博，浦东青年在行动"活动。我以领诵者的身份，带领小伙伴们在无数观众面前朗诵诗歌，这是多么令人骄傲与期待的任务啊！

（教师乙走进图书馆，正好听到教师一直朗诵，很兴奋奔过来）：那一天我们一起去了。

（教师丙，走过来，高兴地说）：那一天，我也去了。

（管理员、教师甲乙丙）

合：那一天，我们都去了。为了这次活动，我们辛苦准备了一个多月。

教师甲：我清楚地记得 2018 年 10 月 1 日，

教师乙：陆家嘴滨江大道，

教师丙：新云台的孩子们升起国旗、朗诵诗歌。

管理员：与浦东学子及青年人一起庆国庆、迎进博。

合：孩子们表现棒棒的（翘起大拇指，点赞，点赞，点赞）

教师甲：我们有强大的后援团，教师家属全程陪同，做好各项志愿服务。

教师乙：我们还有强大的学生家长后援团，给孩子们鼓劲加油。

教师丙：孩子们的表现非常出色。

管理员：孩子王吴斌老师为这个活动忙乎了一个多月。

教师甲：我们的小关同学和徐璟同学和副区长李国华合影了（出示合影照片）

教师乙：高源、丁旭飞、刘婕等同学接受了浦东电台记者的采访呢！

教师丙：嘉佳老师带着同学们走进了直播间。

管理员：我和老师们一起收听了节目，你们讲得太好啦！

（广播：请各位老师马上到操场就位，运动会马上要开始了）

场景二：操场

（拔河的场景，师生若干）

观众甲：哎呀，为什么左边都输给了右边呢？

观众乙：你看，草坪太滑了……

观众甲：会不会发生奇迹呢？

观众乙：我想……

（话音未落，欢呼声起：赢了！赢了！）

（跑出一位学生，一位教师，高兴的样子）

生：老师，太棒了！我们赢了！

师：是呀！拔河是一种意志力的较量！

（一位宛如时间智者的老师，朗诵《拔河》）

　　拽住时间的长绳
　　和意志较量

　　绿茵场上
　　一场拉锯战

　　千钧的力
　　砸开每一滴汗裹藏的坚毅

　　松手之前
　　一切皆可改写

　　（师生边走边重复）
　　拽住时间的长绳

和意志较量

松手之前
一切皆可改写

场景三：校园

（摄影师上）

我呀，又要去校园里偷拍了。猜猜，会有哪些场景闯入我的镜头？

（背景音乐响起，是午间校园里学生时常弹奏的旋律）

生甲：香会飞
　　　牵着脚步
　　　踩动午后校园的琴键

师甲：一个叫苏畅的孩子
　　　在粉红老师的相助下
　　　按动色彩的音阶

生乙：足球点燃绿茵的激情
　　　法兰球演绎青春与浪漫的力量

师乙：课堂里　思维蓬勃着生机
　　　文字　一手牵着数字　一手挽着字母

幻身孩子们笔下的百变金刚

师合：萨克斯发出回家的指令
　　　晚安　校园
生合：老师窗口的灯
　　　却迟迟不肯熄灭

（一组学生上，捧着鲜花，回母校看老师状）
（老师办公室门上几个大字：上课去了）
（生，很深情地合诵）

　　　老师啊　总有一双眼睛
　　　看到你晶莹汗水中爱的心血

　　　悉心浇灌的时日不计长短
　　　花开那刻　不仅仅见证奇迹

　　　你像一株蒲公英
　　　拥抱无数爱的种子
　　　从深秋迎接春的萌芽

　　　你被我们簇拥的瞬间
　　　何尝不是一朵花的绽放

（摄影师上，独白）这样的师生情，温馨而感人！对啦，还记得校园一角的果蔬园吗？你们毕业的时候，曾经种过桔子树。不知道它们现在长得怎么样了？我去看看！顺便再偷拍几张校园美景！

（摄影师镜头里的师生朗诵）

  视线拐个弯
  秋 笔直
  冲进视野

  或躺或立或垂
  每一株都在认真
  交待时间的嘱托

  无花果与芦黍
  勾扯着味蕾
  回到了童年的夏日

  一位祖父模样的老人
  向我隆重介绍
  孩子们毕业时种的果树

我
一时走神
也站成了一棵树

场景四：课堂

（老师边挥毫，边朗诵）

与傲骨相守
苔的脊梁　挺得笔直

匍匐身躯承万马与千军驰骋
夯　韧的底色
困不自弃　强亦奋发

风骨为笛
颂忠臣热肠
赞少年担责
一声长吟　重生的宣言
与文字一起直立行走

（生，朗诵《寻》）

眼眸里的清泉

流经根须与茎叶

沟渠纵横的特殊水系

花的蓓蕾　鼓足了勇气

放声欢笑

那些积聚的力量

不曾辜负

过去　每一个日夜的坚持

（生，朗诵《指点》）

它是一盏灯

照亮求知的路

或者是一把斧

砍斫拦路的荆棘

也是一股力

推开新的门窗

（师，朗诵《爱的期待》）

你柔弱稀疏　我不介意

你生长缓慢　我不介意

你用十分钟背出一个公式

用一个晚上默写六个单词

用稚嫩歪斜的笔画写一篇作文
　　不流畅　很费力　还出错
　　我却欣喜万分

　　用一双手　护一片绿
　　这不仅仅只是一句承诺
　　待到绿茵满坡
　　每一叶草尖　都是晶莹

尾声

　　（全体合诵《关于未来，你我都是作者》）

　　它的妙
　　在于结局尚可修改

　　这一秒与下一秒
　　你永远是作者

　　不止是聆听
　　不止是击掌
　　走入自己的情节
　　我不再只是一个读者

后记：教育的诗意绽放

一、我们是民族文化长河里的一滴水

《解放日报》2017年9月7日载文《要知道民族文化的河床在哪里》指出，包括《红楼梦》在内的古典小说，之所以得到古往今来无数读者由衷的热爱，至为重要的原因就在于它们与中国古代其他优秀文学作品一样，无比丰富地积淀着中华民族最深沉的精神追求，生动、形象地代表着中华民族独特的精神标识，有着鲜明的中国作风与中国气派，因而在世界文学的宏大格局中拥有自己独特而崇高的地位。这些优秀的经典文学作品，是我们文化自信的源头之一。

宗白华曾指出中国山水画"简淡中包具无穷境界"，鲁迅小说中的人物描写，正是深得了中国古典小说写人艺术"传神写照"之妙境，也深得中国古代山水绘画之艺术气韵，酣畅淋漓地体现了我们民族独特的审美心理与审美情趣，因而具有甚为显著的民族特色。而鲁迅本人，也是从古典文学中汲取了大量的精神养分，才创作出了各具特色的人物形象。

再将视线拉回我们的课堂。中学语文课本里，有四大名著，有诗词曲赋，有经典美文。为什么要选这些作品作为我们的教材？当声音唤醒文字，文本的核与魂将直击人心。当我们铿锵地背诵"先天下之忧而忧，后天下之乐而乐"，必然满怀着敬仰；当我们读着"大江东去浪淘尽，千古风流人物"，不由会生出豪迈之情；当我们读到"今当远离，临表涕临"，心中难掩感动与痛惜；当我们读到"老夫聊发少年狂，左牵黄，右擎苍"，定然也愿追随太守建功立业；当我们读到"人生自古谁无死，留取丹心照汗青"，爱国的真情喷涌而出。

这字字句句，就是民族文化长河的惊涛拍岸，浸透着中华民族读者和作者的价值取向、时空情绪、思维方式和民族情结，更是对人生与生命的思考。冯骥才先生一次次抢救文化遗产的举动，就是源于他对传统文化重要意义的觉醒与重视。今天，当我们民族文化长河流淌到重要拐点时，我们不禁要追问：作为文化长河里的一滴水，我发挥了怎样的作用？

二、诗歌教育的价值与意义

从学生到教师，我生活与工作的场所以校园为主。花草树木，亭台楼阁，碑帖字画，处处都是民族文化传承的载体。在充满诗意的校园里，利用诗歌作为切入点，在读写结合的过程中，引领学生深入理解古典诗词与现代诗的内涵，推动学生对中华文化深层精神内核的理解，激发孩子们文化传承与历史担当的自觉性，让教育在诗意绽放中生发更积极的生命活力。

当然，诗歌教学的最终目的，并非培养诗人，而是培育更为敏锐的感知力与更为洞彻的表达力，激活思维的深度、广度、锐度，以语言为桥梁和载体，让思维外显，从"为赋新词强说愁"到基于生命体验的"润物细无声"。

因此，我们必须认真思考和探讨：在当下，如何发挥诗歌的教育价值？

其一：理解诗的特质与历史使命

1. 理解诗的特质美

诗是最凝练、最深刻、最优美的文学艺术形式之一。我们要引导学生以一颗敏感的心去感受这一美的艺术形式。

诗是内心独白，是和自然万物的对话，是对一切美好事物的歌颂，是对现实问题的揭露与叩问。借助诗歌，我们可以描摹身边的一切景、物、人、事，也可以就某些现象发表自己的看法。在整个过程中，学生的观察力、想象力和表达力，必定会得到更好的锻炼。

诗里藏着作者与读者的各种形态：理想中的，过去的，现实的，未来的，得意的，失意的……无论哪一种形态，都是生活给予我们的馈赠，都是值得珍视的生命体验。当我们借助文字，以最凝练的形式将这种体验呈现给读者，诗意就会在作者与读者之间形成一种波荡，孕育一种更新的生命体验。我们要把握诗的文学特性，注重情与美的熏陶与感染，引导学生深入体会作者的情感。

2. 理解诗的使命美

诗歌有自己的历史使命，也有一定的时代性与地域性。从地域特点看，诗歌往往呈现出家乡情怀。历史地理坐标决定了其历史使命，也决定了诗歌欣赏与写作的格局。比如，从一座城的视角来看，我们所处的地理位置、历史坐标、文化传承等诸多因素，决定了上海这所城市的历史使命。站在家国的角度去看世界，去写家乡，格局就更大了，情怀也就更纯粹了，身边的美也能更全面地被捕获、挖掘与再现了。

诗也是记录生活的一种方式，担负着传承文化的重任，也悄悄地净化作者与读者的内心，引发我们在叩问生命的同时懂得感恩他人……总而言之：诗，给予我们前行的动力和成长的力量。

其二：品味诗的韵味与精神内核

《上海市中小学语文课程标准》课程目标中强调，在语文学习过程中，要培养学生热爱祖国语言文字的感情，认识中华文化的博大精深，吸收民族文化的智慧，"培养学生的审美意识和审美情趣，提高学生的认识水平和鉴赏能力"。品诗的过程，其实就是感受诗歌魅力的过程，是从读到写的过程和能力提升，也是语言积累的必然经历。古典诗词是文化之根。如果古典诗词的基础不扎实，文化给养就会断裂。爱古典诗词，是品诗的前提。

品诗，不仅仅是品味诗歌语言、意蕴本身，更是要品读诗歌背后的人文情怀与人生格局。除了诗人本身，我们还需要关注读者群，培养少年人读诗、品诗的自觉性。品的过程，一定是关注内心成长的过程，遵循由感性向理性的阅读规律。对生命的反思，这是诗人的使命。读者在阅读的过程中，观察和发现生活的精彩和特质，关注生命和自然万物的规律，关照内心世界的暗与亮、弱与强，对人生与生命进行更深入的思考，那么这个"品"的质量也就相当高了。

因此，教师要从"人的高度"出发，紧扣"立德树人"这一目标，有效落实德智体美劳"五育"并举，引导学生放眼世界，立足本土，传承优秀文化，培育民族自信，为成长夯实精神地基。

其三：传承诗的力量与文化使命

古典诗词是文化之根。要夯实文化底蕴，就要自觉呵护文字的纯净，从古典诗词中汲取养料。这是读好、读懂诗歌的基本，也是培养情感，建立格局的基础。

青少年正处于"三观"塑形的关键期，如何观察和发现生活、如何关注生命和自然万物、如何关照内心世界，需要在教师引领下熏染情怀，打造格局。在此过程中，教师要自觉担负传承传统文化的实践者、传承者与开拓者的重任。

教师要与引领学生感受诗歌的魅力，引导少年人从读到写，加强实践。要真正将积累的古典诗词与现代诗的精华内化于心，在学习与生活中能够自如运用，必须由读和品迈向仿和创的阶段，读、悟、品、仿、创，这是诗歌学习与实践的必然过程，也是一种历史使命。最后落点在文化自信与责任意识上，从珍爱生命、尊重他人到"爱脚下的土地，爱心中的家乡"，完成自我生命认知的重构。

《在浦东阅读世界》作为"追寻光辉足迹"主题阅读快闪活动浦东篇的诗歌，由浦东各行各业代表和学校师生代表一起，在浦东开发三十周年主题展、黄浦江畔的四史馆、张江科学城、世博馆、浦东图书馆、川沙内史第、陆家嘴天桥、望江驿、朵云书局、临港大隐书局等浦东十四处地标，进行朗诵的快闪拍摄，就是以诗歌的形式质朴地表达对家乡和祖国的热爱之情，完成了诗歌传递温暖、光明与力量的历史使命。2021年4月26日，这段快闪视频登上了"学习强国"平台，扩大了诗歌传播的力度与广度。

三、文化长河中教育的诗意绽放

在二十多年的教育生涯中，我一直关注着诗歌教育的价值与意义，一直努力尝试着让教育更有诗意，创作了不少关于教育的诗歌，带着学生们一起探索诗歌的创作之路。这些年来，诗意的种子悄悄播种在学生的心中，也悄悄开出了绚丽的花朵。不少学生的诗作在各个级别的比赛中获奖，也在不少刊物上发表了原创诗歌，还有的学生登上了舞台朗诵自己创作的作品。还有的学生专程写了自己的诗集送给我。这让我特别感动，也特别欣慰，可以说，在不断的实践过程中，这些学生不仅获得了成长，也通过自己的方式自觉传承优秀传统文化。

2018年8月底，当我走进上海市新云台中学时，我被这所市级花园单位的植被景物深深吸引，一年四季花开有序，一年四季果蔬新鲜，一年四季生机盎然。老师们自豪地介绍校园：最美莫过于这故宫红与翡翠绿。

令我倍感惊喜的是，学校东面的围墙紧贴着一条有着四五百年历史的河流——小腰泾，它一头连着白莲泾，一头流入川杨河。川杨河东出三甲港、西接黄浦江，笔直横穿了整个浦东新区。这是20世纪70年代末，川沙人民用一根扁担、两只竹箕挖出的人工河，将黄浦江与东海连在一起，实现了黄浦江、长江两大水系融为一体的梦想。川杨河沿线串联起浦东地区南北向河流十九条，构成了川沙四通八达的水利、水运网络。环绕川沙古镇的护城河，也与川杨河相通。我就读的川沙中学，就在这历史悠久的护城河温暖的围抱里。故乡的文化与风骨深深影响了我，古城墙上抗倭的果敢与豪情，内史第里宋庆龄、黄炎培的家国情怀，老街的简朴古雅，都成为我生命的滋养。川杨河是浦东的母亲河，也是见证我成长的生命之河。它将我生命中的每一段重要水域紧紧联系在一起，也将我生命中的每一段成长经历紧紧联系在一起。

大学时代，我无数次往返黄浦江东西两岸，看着两岸的发展与变化，难掩内心的激动与自豪。有一年暑假，我邀请朋友们从黄浦江出发，沿着川杨河，从三甲港入海，感受江河海的魅力。经过长途跋涉，朋友们终于到达了川杨河的起点。虽然海河一色，没有看到想象中湛蓝的海，但是朋友们还是很开心，踏着海浪挖小贝壳、寻小螃蟹，感受潮汐隐藏的巨大力量。

大学毕业后，我在黄浦江畔扎根三尺讲台，成为浦东基础教育的实践者。2018年8月，我换了一个新的工作单位，面临的压力与挑战比以前更大了。好在，川杨河这条母亲河依然默默地守护着我。每当工作中遇到难题和瓶颈时，我就看看身边的那条小腰泾，再想一想五百米开外的川杨河，想着当年，人们是如何克服各种困难高质量地完成开挖任务的，想着想着心就静了下来。虽然困难不会凭空消失，但我至少有了面对的勇气和解决的思路。建平教育集团一路走来，我和这所学校一起经受着考验，也获得了成长，更是得到了浦东新区教育局、教发院、初中教育指导中心等领导的关心与支持。可以说，一所学校的成长，是一个区域变化的缩影。我用文字记录的这一路欢歌，见证了浦东基础教育的蓬勃生机。

2021年5月20日，是我在上海市新云台中学工作的第一千天，也是我教育工作启程进入第二十五个年头的预备阶段。与师生相处的一千个日子里，我深深地感动于教师对学生的关爱以及对教育事业的投入，感受到了学生们的淳朴与上进，收获了校园里两载春华秋实的自然之美。为了不忘初心，特意结集在这三年中为教育、为师生、为花草写的诗篇，题目为《云上花开——教育的诗意绽放》，分为"溯源留痕""满庭芳华""云上花开""草本哲学""聆听生命""声闻于天"以及序章与尾章共八个章节。从这些章节与诗歌中，可以感受生命的节奏，聆听四季的欢唱，寻访不同的植物，遇见可爱的学生、敬业的老师以及有趣的课程。这是校园生活的一种诗意写照，是教育的诗化，也是诗意的教育，更是教育的情怀抒发，以及对生命的用心呵护与真诚礼赞。

在出版编辑的过程中，我得到了上海文艺出版社资深编辑徐如麒老师的指导，得到了上海市作家协会和浦东新区作家协会的关心与辅导。尤其感谢中国作家协会会员、上海市作家协会创联室副主任、上海市诗词学会副会长、上海作协诗歌委员会副主任杨绣丽老师百忙中抽空为本诗集指导并作序；感谢诗人长岛先生为本诗集的编撰、出版尽心尽力；感谢在成书过程中给予帮助的各位朋友——感谢大家一起为教育的诗意绽放倾撒阳光。

王晓云

2021年5月20日于致一书斋

校园的雨

1=F 4/4 2/4

王晓云 词
朱德平 曲

轻快地

($\dot{2}$ $\dot{3}$ $\dot{2}$ $\dot{1}$ 6· 3 | 5 - - - | $\dot{2}$ $\dot{3}$ $\dot{2}$ $\dot{1}$ 6· 5 | 6 - - - |

$\dot{1}$ 6 5 3 2 2 3 | 2 1 6 5 6 1 3 | 2 6 1 - -)

3 1· 3 2 | 2 - 2 3 6 1 | 1 - 5 6 1 | 1 3 2 - - | 5 6 5· 2 3
三月 的雨， 校园的雨。 斜卧在 枝头， 假装一 粒粒

3 - 2 3 2 | 2 1 6 5 6 1 3 | 2 1 3 5 5 - | 6 5 3 2 3 5 3
报春的 芽苞， 或者悬在 花瓣边缘， 扯着你的视 线，

3 2 3 2 1 6 2 1 - - | 2/4 1 6 5 3 2 1 6 | $\dot{1}$ 6 5 3 2 1 3
跌进落英的浅 溪。 叮咚,叮咚, 叮 咚, 叮 叮咚, 叮咚, 叮 叮 咚,

3 - | 4/4 6 3 6 5 5 - | 6 1 6· 5 3 | 3 0 1 2 3 2 | 2 1 5 3 2 -
噗嗤噗嗤， 浅浅的 低笑， 在孩子们 的伞面上，

2 3 2 1 6 4 3 | 2· 1 5 - | 1 2 3 5 2 1 2 | 2 2 1 2 6·
旋开一朵朵 别样的 花蕾。 一条彩色的小河， 在校园里

5 2 - 0 | 6 1 2 3 5 6 5 3 | 2 3 5 2 3 - | 6 1 2 3 2 -
流淌， 分不清是雨滴跟着 孩子们集合， 还是孩子们

2 3 2 - 2 6 | 1 - - 0 | 3 1· 3 2 | 2 - 2 3 6 | 1 - - 0
变成了 小水滴。 三月 的雨， 校园的 雨。

6 1 2 3 5 6 5 3 | 2 3 5 2 3 - | 6 1 5 3 2 - | 5 2 3 - 2 3 | 1 - - - ‖
分不清是雨滴跟着 孩子们集合， 还是孩子们 变成了 小水 滴。

蒲公英

王晓云 词
朱德平 曲

1=D 4/4

稍慢、亲切地

(2 1 7·3 5 | 5 - 2 1 7 | 7 3 6 - - |
2 3 4 6 6 4 3 | 3 2 1 - | 1 1 - -)

‖: 5 3·1 2 3 | 1 - 5 1 | 1 3 5 6 5 - |
当你被孩子们　簇拥　的瞬　间，

1 6 1 7 6 5 | 6·1 3 2 | 2 3 4 5 6 5
何尝不是一朵　花 的绽放。花开那　刻，

2 1 7·5 6 7 | 6 - 2 3 4 | 4 2 3 1 - :‖
不仅见证奇　迹　也是爱　的回馈。

‖: 0 5 3 - 3 4 | 5 6 5 - - | 6 4 - 4 3 |
就像　一株蒲公英，　拥抱　无数

2·1 3 2 | 0 1 1 1 2 1 | 7·5 7 6
爱的种子，　从深秋迎接春的萌芽，

6 0 5 5 3 | 3 4 4 3·1 | 2 - 1 - :‖
从深秋　迎接春的萌　芽。

慢
5 5 3 - | 4 4 3 - 0 1 | 2 - 2 1 0 | 1 - - - ‖
从深秋　迎接春的萌　　芽。